ARTHUR CONAN **DOYLE**

A SCANDAL IN BOHEMIA

ou

UN SCANDALE EN BOHÊME

1891

TRADUCTION PAR
JEANNE DE POLIGNAC

ODÉON LIVRE
✶ ✶2018✶ ✶
CHICAGO

Table of Contents

Table des matières

I

1 To Sherlock Holmes she is always *the* woman. I have seldom heard him mention her under any other name. In his eyes she eclipses and predominates the whole of her sex. It was not that he felt any emotion akin to love for Irene Adler. All emotions, and that one particularly, were abhorrent to his cold, precise but admirably balanced mind. He was, I take it, the most perfect reasoning and observing machine that the world has seen, but as a lover he would have placed himself in a false position. He never spoke of the softer passions, save with a gibe and a sneer. They were admirable things for the observer—excellent for drawing the veil from men's motives and actions. But for the trained reasoner to admit such intrusions into his own delicate and finely adjusted temperament was to introduce a distracting factor which might throw a doubt upon all his mental results. Grit in a sensitive instrument, or a crack in one of his own high-power lenses, would not be more disturbing than a strong emotion in a nature such as his. And yet there was but one woman to him, and that woman was the late Irene Adler, of dubious and questionable memory.

I

1 Pour Sherlock Holmes, elle est toujours *la femme*. Il la juge tellement supérieure à tout son sexe, qu'il ne l'appelle presque jamais par son nom ; elle est et elle restera la femme. Aurait-il donc éprouvé à l'égard d'Irène Adler un sentiment voisin de l'amour ? Absolument pas ! Son esprit lucide, froid, admirablement équilibré répugnait à toute émotion en général et à celle de l'amour en particulier. Je tiens Sherlock Holmes pour la machine à observer et à raisonner la plus parfaite qui ait existé sur la planète ; amoureux, il n'aurait plus été le même. Lorsqu'il parlait des choses du cœur, c'était toujours pour les assaisonner d'une pointe de raillerie ou d'un petit rire ironique. Certes, en tant qu'observateur, il les appréciait : n'est-ce pas par le cœur que s'éclairent les mobiles et les actes des créatures humaines ? Mais en tant que logicien professionnel, il les répudiait : dans un tempérament aussi délicat, aussi subtil que le sien, l'irruption d'une passion aurait introduit un élément de désordre dont aurait pu pâtir la rectitude de ses déductions. Il s'épargnait donc les émotions fortes, et il mettait autant de soin à s'en tenir à l'écart qu'à éviter, par exemple de fêler l'une de ses loupes ou de semer des grains de poussière dans un instrument de précision. Telle était sa nature. Et pourtant une femme l'impressionna : la femme, Irène Adler, qui laissa néanmoins un souvenir douteux et discuté.

2 I had seen little of Holmes lately. My marriage had drifted us away from each other. My own complete happiness, and the home-centred interests which rise up around the man who first finds himself master of his own establishment, were sufficient to absorb all my attention, while Holmes, who loathed every form of society with his whole Bohemian soul, remained in our lodgings in Baker Street, buried among his old books, and alternating from week to week between cocaine and ambition, the drowsiness of the drug, and the fierce energy of his own keen nature. He was still, as ever, deeply attracted by the study of crime, and occupied his immense faculties and extraordinary powers of observation in following out those clues, and clearing up those mysteries which had been abandoned as hopeless by the official police. From time to time I heard some vague account of his doings: of his summons to Odessa in the case of the Trepoff murder, of his clearing up of the singular tragedy of the Atkinson brothers at Trincomalee, and finally of the mission which he had accomplished so delicately and successfully for the reigning family of Holland. Beyond these signs of his activity, however, which I merely shared with all the readers of the daily press, I knew little of my former friend and companion.

2 Ces derniers temps, je n'avais pas beaucoup vu Holmes. Mon mariage avait séparé le cours de nos vies. Toute mon attention se trouvait absorbée par mon bonheur personnel, si complet, ainsi que par les mille petits soucis qui fondent sur l'homme qui se crée un vrai foyer. De son côté, Holmes s'était isolé dans notre meublé de Baker Street ; son goût pour la bohème s'accommodait mal de toute forme de société ; enseveli sous de vieux livres, il alternait la cocaïne et l'ambition : il ne sortait de la torpeur de la drogue que pour se livrer à la fougueuse énergie de son tempérament. Il était toujours très attiré par la criminologie, aussi occupait-il ses dons exceptionnels à dépister quelque malfaiteur et à élucider des énigmes que la police officielle désespérait de débrouiller. Divers échos de son activité m'étaient parvenus par intervalles : notamment son voyage à Odessa où il avait été appelé pour le meurtre des Trepoff, la solution qu'il apporta au drame ténébreux qui se déroula entre les frères Atkinson de Trincomalee, enfin la mission qu'il réussit fort discrètement pour la famille royale de Hollande. En dehors de ces manifestations de vitalité, dont j'avais simplement connaissance par la presse quotidienne, j'ignorais presque tout de mon ancien camarade et ami.

3 One night—it was on the twentieth of March, 1888—I was returning from a journey to a patient (for I had now returned to civil practice), when my way led me through Baker Street. As I passed the well-remembered door, which must always be associated in my mind with my wooing, and with the dark incidents of the Study in Scarlet, I was seized with a keen desire to see Holmes again, and to know how he was employing his extraordinary powers. His rooms were brilliantly lit, and, even as I looked up, I saw his tall, spare figure pass twice in a dark silhouette against the blind. He was pacing the room swiftly, eagerly, with his head sunk upon his chest and his hands clasped behind him. To me, who knew his every mood and habit, his attitude and manner told their own story. He was at work again. He had risen out of his drug-created dreams and was hot upon the scent of some new problem. I rang the bell and was shown up to the chamber which had formerly been in part my own.

4 His manner was not effusive. It seldom was; but he was glad, I think, to see me. With hardly a word spoken, but with a kindly eye, he waved me to an armchair, threw across his case of cigars, and indicated a spirit case and a gasogene in the corner. Then he stood before the fire and looked me over in his singular introspective fashion.

5 "Wedlock suits you," he remarked. "I think, Watson, that you have put on seven and a half pounds since I saw you."

6 "Seven!" I answered.

3 Un soir – c'était le 20 mars 1888 – j'avais visité un malade et je rentrais chez moi (car je m'étais remis à la médecine civile) lorsque mon chemin me fit passer par Baker Street. Devant cette porte dont je n'avais pas perdu le souvenir et qui sera toujours associée dans mon esprit au prélude de mon mariage comme aux sombres circonstances de l'Étude en Rouge, je fus empoigné par le désir de revoir Holmes et de savoir à quoi il employait ses facultés extraordinaires. Ses fenêtres étaient éclairées ; levant les yeux, je distingue même sa haute silhouette mince qui par deux fois se profila derrière le rideau. Il arpentait la pièce d'un pas rapide, impatient ; sa tête était inclinée sur sa poitrine, ses mains croisées derrière son dos. Je connaissais suffisamment son humeur et ses habitudes pour deviner qu'il avait repris son travail. Délivré des rêves de la drogue, il avait dû se lancer avec ardeur sur une nouvelle affaire. Je sonnai, et je fus conduit à l'appartement que j'avais jadis partagé avec lui.

4 Il ne me prodigua pas d'effusions. Les effusions n'étaient pas son fort. Mais il fut content, je crois, de me voir. A peine me dit-il un mot. Toutefois son regard bienveillant m'indiqua un fauteuil ; il me tendit un étui à cigares ; son doigt me désigna une cave à liqueurs et une bouteille d'eau gazeuse dans un coin. Puis il se tint debout devant le feu et me contempla de haut en bas, de cette manière pénétrante qui n'appartenait qu'à lui.

5 « Le mariage vous réussit ! observa-t-il. Ma parole, Watson, vous avez pris sept livres et demie depuis que je vous ai vu.

6 – Sept, répondis-je.

7 "Indeed, I should have thought a little more. Just a trifle more, I fancy, Watson. And in practice again, I observe. You did not tell me that you intended to go into harness."

8 "Then, how do you know?"

9 "I see it, I deduce it. How do I know that you have been getting yourself very wet lately, and that you have a most clumsy and careless servant girl?"

10 "My dear Holmes," said I, "this is too much. You would certainly have been burned, had you lived a few centuries ago. It is true that I had a country walk on Thursday and came home in a dreadful mess, but as I have changed my clothes I can't imagine how you deduce it. As to Mary Jane, she is incorrigible, and my wife has given her notice, but there, again, I fail to see how you work it out."

11 He chuckled to himself and rubbed his long, nervous hands together.

7 – Vraiment ? J'aurais cru un peu plus. Juste un tout petit peu plus, j'imagine, Watson. Et vous avez recommencé à faire de la clientèle, à ce que je vois. Vous ne m'aviez pas dit que vous aviez l'intention de reprendre le collier !

8 – Alors, comment le savez-vous ?

9 – Je le vois ; je le déduis. Comment sais-je que récemment vous vous êtes fait tremper, et que vous êtes nanti d'une bonne maladroite et peu soigneuse ?

10 – Mon cher Holmes, dis-je, ceci est trop fort ! Si vous aviez vécu quelques siècles plus tôt, vous auriez certainement été brûlé vif. Hé bien ! oui, il est exact que jeudi j'ai marché dans la campagne et que je suis rentré chez moi en piteux état ; mais comme j'ai changé de vêtement, je me demande comment vous avez pu le voir, et le déduire. Quant à Mary-Jane, elle est incorrigible ! ma femme lui a donné ses huit jours ; mais là encore, je ne conçois pas comment vous l'avez deviné. »

11 Il rit sous cape et frotta l'une contre l'autre ses longues mains nerveuses.

12 "It is simplicity itself," said he; "my eyes tell me that on the inside of your left shoe, just where the firelight strikes it, the leather is scored by six almost parallel cuts. Obviously they have been caused by someone who has very carelessly scraped round the edges of the sole in order to remove crusted mud from it. Hence, you see, my double deduction that you had been out in vile weather, and that you had a particularly malignant boot-slitting specimen of the London slavey. As to your practice, if a gentleman walks into my rooms smelling of iodoform, with a black mark of nitrate of silver upon his right forefinger, and a bulge on the right side of his top-hat to show where he has secreted his stethoscope, I must be dull, indeed, if I do not pronounce him to be an active member of the medical profession."

13 I could not help laughing at the ease with which he explained his process of deduction. "When I hear you give your reasons," I remarked, "the thing always appears to me to be so ridiculously simple that I could easily do it myself, though at each successive instance of your reasoning I am baffled until you explain your process. And yet I believe that my eyes are as good as yours."

12 « C'est d'une simplicité enfantine, dit-il. Mes yeux me disent que sur le côté intérieur de votre soulier gauche, juste à l'endroit qu'éclaire la lumière du feu, le cuir est marque de six égratignures presque parallèles ; de toute évidence, celles-ci ont été faites par quelqu'un qui a sans précaution gratté autour des bords de la semelle pour en détacher une croûte de boue. D'où, voyez-vous, ma double déduction que vous êtes sorti par mauvais temps et que, pour nettoyer vos chaussures, vous ne disposez que d'un spécimen très médiocre de la domesticité londonienne. En ce qui concerne la reprise de votre activité professionnelle, si un gentleman qui entre ici, introduit avec lui des relents d'iodoforme, arbore sur son index droit la trace noire du nitrate d'argent, et porte un chapeau haut de forme pourvu d'une bosse indiquant l'endroit où il dissimule son stéthoscope, je serais en vérité bien stupide pour ne pas l'identifier comme un membre actif du corps médical. »

13 Je ne pus m'empêcher de rire devant l'aisance avec laquelle il m'expliquait la marche de ses déductions. « Quand je vous entends me donner vos raisons, lui dis-je, les choses m'apparaissent toujours si ridiculement simples qu'il me semble que je pourrais en faire autant ; et cependant chaque fois que vous me fournissez un nouvel exemple de votre manière de raisonner, je reste pantois jusqu'à ce que vous m'exposiez votre méthode. Mes yeux ne sont-ils pas aussi bons que les vôtres ?

14 “Quite so,” he answered, lighting a cigarette, and throwing himself down into an armchair. “You see, but you do not observe. The distinction is clear. For example, you have frequently seen the steps which lead up from the hall to this room.”

15 “Frequently.”

16 “How often?”

17 “Well, some hundreds of times.”

18 “Then how many are there?”

19 “How many? I don’t know.”

20 “Quite so! You have not observed. And yet you have seen. That is just my point. Now, I know that there are seventeen steps, because I have both seen and observed. By the way, since you are interested in these little problems, and since you are good enough to chronicle one or two of my trifling experiences, you may be interested in this.” He threw over a sheet of thick, pink-tinted notepaper which had been lying open upon the table. “It came by the last post,” said he. “Read it aloud.”

21 The note was undated, and without either signature or address.

14 – Mais si ! répondit-il en allumant une cigarette et en se jetant dans un fauteuil. Seulement vous voyez, et vous n'observez pas. La distinction est claire. Tenez, vous avez fréquemment vu les marches qui conduisent à cet appartement, n'est-ce pas ?

15 – Fréquemment.

16 – Combien de fois ?

17 – Je ne sais pas : des centaines de fois.

18 – Bon. Combien y en a-t-il ?

19 – Combien de marches ? Je ne sais pas.

20 – Exactement ! Vous n'avez pas observé. Et cependant vous avez vu. Toute la question est là. Moi, je sais qu'il y a dix-sept marches, parce que, à la fois, j'ai vu et observé. A propos, puisque vous vous intéressez à ces petits problèmes et que vous avez été assez bon pour relater l'une ou l'autre de mes modestes expériences, peut-être vous intéresserez-vous à ceci… – Il me tendit une feuille de papier à lettres, épaisse et rose, qui se trouvait ouverte sur la table. – Je l'ai reçue au dernier courrier, reprit-il. Lisez à haute voix. »

21 La lettre n'était pas datée, et elle ne portait ni signature ni adresse de l'expéditeur :

22 "There will call upon you to-night, at a quarter to eight o'clock," it said, "a gentleman who desires to consult you upon a matter of the very deepest moment. Your recent services to one of the royal houses of Europe have shown that you are one who may safely be trusted with matters which are of an importance which can hardly be exaggerated. This account of you we have from all quarters received. Be in your chamber then at that hour, and do not take it amiss if your visitor wear a mask."

23 "This is indeed a mystery," I remarked. "What do you imagine that it means?"

24 "I have no data yet. It is a capital mistake to theorise before one has data. Insensibly one begins to twist facts to suit theories, instead of theories to suit facts. But the note itself. What do you deduce from it?"

25 I carefully examined the writing, and the paper upon which it was written.

26 "The man who wrote it was presumably well to do," I remarked, endeavouring to imitate my companion's processes. "Such paper could not be bought under half a crown a packet. It is peculiarly strong and stiff."

27 "Peculiar—that is the very word," said Holmes. "It is not an English paper at all. Hold it up to the light."

28 I did so, and saw a large "E" with a small "g," a "P," and a large "G" with a small "t" woven into the texture of the paper.

29 "What do you make of that?" asked Holmes.

22 « On vous rendra visite ce soir à huit heures moins le quart. Il s'agit d'un gentleman qui désire vous consulter sur une affaire de la plus haute importance. Les récents services que vous avez rendus à l'une des cours d'Europe ont témoigné que vous êtes un homme à qui on peut se fier en sécurité pour des choses capitales. Les renseignements sur vous, nous sont, de différentes sources, venus. Soyez chez vous à cette heure-là, et ne vous formalisez pas si votre visiteur est masqué. »

23 « Voilà qui est mystérieux au possible ! dis-je. A votre avis, qu'est-ce que ça signifie ?

24 – Je n'ai encore aucune donnée. Et bâtir une théorie avant d'avoir des données est une erreur monumentale : insensiblement on se met à torturer les faits pour qu'ils collent avec la théorie, alors que ce sont les théories qui doivent coller avec les faits. Mais de la lettre elle-même, que déduisez-vous ?

25 J'examine attentivement l'écriture, et le papier.

26 – Son auteur est sans doute assez fortuné, remarquai-je en m'efforçant d'imiter la méthode de mon camarade. Un tel papier coûte au moins une demi-couronne le paquet : il est particulièrement solide, fort.

27 – Particulièrement : vous avez dit le mot. Ce n'est pas un papier fabriqué en Angleterre. Regardez-le en transparence. »

28 J'obéis, et je vis un grand *E* avec un petit *g*, un *P*, et un grand *G* avec un petit *t*, en filigrane dans le papier.

29 « Qu'est-ce que vous en pensez ? demanda Holmes.

30 “The name of the maker, no doubt; or his monogram, rather.”

31 “Not at all. The ‘G’ with the small ‘t’ stands for ‘Gesellschaft,’ which is the German for ‘Company.’ It is a customary contraction like our ‘Co.’ ‘P,’ of course, stands for ‘Papier.’ Now for the ‘Eg.’ Let us glance at our Continental Gazetteer.” He took down a heavy brown volume from his shelves. “Eglow, Eglonitz—here we are, Egria. It is in a German-speaking country—in Bohemia, not far from Carlsbad. ‘Remarkable as being the scene of the death of Wallenstein, and for its numerous glass-factories and paper-mills.’ Ha, ha, my boy, what do you make of that?” His eyes sparkled, and he sent up a great blue triumphant cloud from his cigarette.

32 “The paper was made in Bohemia,” I said.

33 “Precisely. And the man who wrote the note is a German. Do you note the peculiar construction of the sentence—‘This account of you we have from all quarters received.’ A Frenchman or Russian could not have written that. It is the German who is so uncourteous to his verbs. It only remains, therefore, to discover what is wanted by this German who writes upon Bohemian paper and prefers wearing a mask to showing his face. And here he comes, if I am not mistaken, to resolve all our doubts.”

34 As he spoke there was the sharp sound of horses’ hoofs and grating wheels against the curb, followed by a sharp pull at the bell. Holmes whistled.

30 – Le nom du fabricant, probablement ; ou plutôt son monogramme.

31 – Pas du tout. Le *G* avec le petit t signifie Gesellschaft, qui est la traduction allemande de « Compagnie ». C'est l'abréviation courante, qui correspond à notre « Cie ». *P*, bien sûr, veut dire « Papier ». Maintenant voici *Eg.* Ouvrons notre Informateur continental… » Il s'empara d'un lourd volume marron. « Eglow, Eglonitz… Nous y sommes : Egria, située dans une région de langue allemande, en Bohême, pas loin de Carlsbad. "Célèbre parce que Wallensten y trouva la mort, et pour ses nombreuses verreries et papeteries." Ah, ah ! mon cher, qu'en dites vous ? Ses yeux étincelaient ; il souffla un gros nuage de fumée bleue et triomphale.

32 – Le papier a donc été fabriqué en Bohême, dis-je.

33 – En effet. Et l'auteur de la lettre est un Allemand. Avez-vous remarqué la construction particulière de la phrase : "Les renseignements sur vous nous sont de différentes sources venus." ? Ni un Français, ni un Russe ne l'aurait écrite ainsi. Il n'y a qu'un Allemand pour être aussi discourtois avec ses verbes. Il reste toutefois à découvrir ce que me veut cet Allemand qui m'écrit sur papier de Bohême et préfère porter un masque plutôt que me laisser voir son visage. D'ailleurs le voici qui arrive, sauf erreur, pour lever tous nos doutes. »

34 Tandis qu'il parlait, j'entendis des sabots de chevaux, puis un grincement de roues contre la bordure du trottoir, enfin un vif coup de sonnette. Holmes siffIota.

35 "A pair, by the sound," said he. "Yes," he continued, glancing out of the window. "A nice little brougham and a pair of beauties. A hundred and fifty guineas apiece. There's money in this case, Watson, if there is nothing else."

36 "I think that I had better go, Holmes."

37 "Not a bit, Doctor. Stay where you are. I am lost without my Boswell. And this promises to be interesting. It would be a pity to miss it."

38 "But your client—"

39 "Never mind him. I may want your help, and so may he. Here he comes. Sit down in that armchair, Doctor, and give us your best attention."

40 A slow and heavy step, which had been heard upon the stairs and in the passage, paused immediately outside the door. Then there was a loud and authoritative tap.

41 "Come in!" said Holmes.

35 « D'après le bruit, deux chevaux !… Oui, confirma-t-il après avoir jeté un coup d'œil par la fenêtre un joli petit landau, conduit par une paire de merveilles qui valent cent cinquante guinées la pièce. Dans cette affaire, Watson, il y a de l'argent à gagner, à défaut d'autre chose !

36 – Je crois que je ferais mieux de m'en aller, Holmes.

37 – Pas le moins du monde, docteur. Restez à votre place. Sans mon historiographe, je suis un homme perdu. Et puis, l'affaire promet ! Ce serait dommage de la manquer.

38 – Mais votre client…

39 – Ne vous tracassez pas. Je puis avoir besoin de vous, et lui aussi. Le voici. Asseyez-vous dans ce fauteuil, docteur, et soyez attentif. »

40 Des pas lourds dans l'escalier et le corridor, un arrêt devant la porte, puis un coup sec et autoritaire.

41 – Entrez, dit Holmes.

42 A man entered who could hardly have been less than six feet six inches in height, with the chest and limbs of a Hercules. His dress was rich with a richness which would, in England, be looked upon as akin to bad taste. Heavy bands of astrakhan were slashed across the sleeves and fronts of his double-breasted coat, while the deep blue cloak which was thrown over his shoulders was lined with flame-coloured silk and secured at the neck with a brooch which consisted of a single flaming beryl. Boots which extended halfway up his calves, and which were trimmed at the tops with rich brown fur, completed the impression of barbaric opulence which was suggested by his whole appearance. He carried a broad-brimmed hat in his hand, while he wore across the upper part of his face, extending down past the cheekbones, a black vizard mask, which he had apparently adjusted that very moment, for his hand was still raised to it as he entered. From the lower part of the face he appeared to be a man of strong character, with a thick, hanging lip, and a long, straight chin suggestive of resolution pushed to the length of obstinacy.

43 "You had my note?" he asked with a deep harsh voice and a strongly marked German accent. "I told you that I would call." He looked from one to the other of us, as if uncertain which to address.

44 "Pray take a seat," said Holmes. "This is my friend and colleague, Dr. Watson, who is occasionally good enough to help me in my cases. Whom have I the honour to address?"

42 Un homme entra. Il ne devait pas mesurer moins de deux mètres, et il était pourvu d'un torse et de membres herculéens. Il était richement vêtu : d'une opulence qui, en Angleterre, passait presque pour du mauvais goût. De lourdes bandes d'astrakan barraient les manches et les revers de son veston croisé ; le manteau bleu foncé qu'il avait jeté sur ses épaules était doublé d'une soie couleur de feu et retenu au cou par une aigue-marine flamboyante. Des demi-bottes qui montaient jusqu'au mollet et dont le haut était garni d'une épaisse fourrure brune complétaient l'impression d'un faste barbare. Il tenait un chapeau à larges bords, et la partie supérieure de son visage était recouverte d'un masque noir qui descendait jusqu'aux pommettes ; il avait dû l'ajuster devant la porte, car sa main était encore levée lorsqu'il entra. Le bas du visage révélait un homme énergique, volontaire : la lèvre épaisse et tombante ainsi qu'un long menton droit suggéraient un caractère résolu pouvant aller à l'extrême de l'obstination.

43 « Vous avez lu ma lettre ? demanda-t-il d'une voix dure, profonde, fortement timbrée d'un accent allemand. Je vous disais que je viendrais… » Il nous regardait l'un après l'autre ; évidemment il ne savait pas auquel s'adresser.

44 « Asseyez-vous, je vous prie, dit Holmes. Voici mon ami et confrère, le docteur Watson, qui est parfois assez complaisant pour m'aider. A qui ai-je l'honneur de parler ?

45 "You may address me as the Count Von Kramm, a Bohemian nobleman. I understand that this gentleman, your friend, is a man of honour and discretion, whom I may trust with a matter of the most extreme importance. If not, I should much prefer to communicate with you alone."

46 I rose to go, but Holmes caught me by the wrist and pushed me back into my chair. "It is both, or none," said he. "You may say before this gentleman anything which you may say to me."

47 The Count shrugged his broad shoulders. "Then I must begin," said he, "by binding you both to absolute secrecy for two years; at the end of that time the matter will be of no importance. At present it is not too much to say that it is of such weight it may have an influence upon European history."

48 "I promise," said Holmes.

49 "And I."

50 "You will excuse this mask," continued our strange visitor. "The august person who employs me wishes his agent to be unknown to you, and I may confess at once that the title by which I have just called myself is not exactly my own."

51 "I was aware of it," said Holmes dryly.

45 – Considérez que vous parlez au comte von Kramm, gentilhomme de Bohême. Dois-je comprendre que ce gentleman qui est votre ami est homme d'honneur et de discrétion, et que je puis lui confier des choses de la plus haute importance ? Sinon, je préférerais m'entretenir avec vous seul. »

46 Je me levai pour partir, mais Holmes me saisit par le poignet et me repoussa dans le fauteuil.

« Ce sera tous les deux, ou personne ! déclara-t-il. Devant ce gentleman, vous pouvez dire tout ce que vous me diriez à moi seul. »

47 Le comte haussa ses larges épaules.

« Alors je commence, dit-il, par vous demander le secret le plus absolu pendant deux années ; passé ce délai, l'affaire n'aura plus d'importance. Pour l'instant, je n'exagère pas en affirmant qu'elle risque d'influer sur le cours de l'histoire européenne.

48 – Vous avez ma parole, dit Holmes.

49 – Et la mienne.

50 – Pardonnez-moi ce masque, poursuivit notre étrange visiteur. L'auguste personne qui m'emploie désire que son collaborateur vous demeure inconnu, et je vous avouerai tout de suite que le titre sous lequel je me suis présenté n'est pas exactement le mien.

51 – Je m'en doutais ! fit sèchement Holmes.

52 "The circumstances are of great delicacy, and every precaution has to be taken to quench what might grow to be an immense scandal and seriously compromise one of the reigning families of Europe. To speak plainly, the matter implicates the great House of Ormstein, hereditary kings of Bohemia."

53 "I was also aware of that," murmured Holmes, settling himself down in his armchair and closing his eyes.

54 Our visitor glanced with some apparent surprise at the languid, lounging figure of the man who had been no doubt depicted to him as the most incisive reasoner and most energetic agent in Europe. Holmes slowly reopened his eyes and looked impatiently at his gigantic client.

55 "If your Majesty would condescend to state your case," he remarked, "I should be better able to advise you."

56 The man sprang from his chair and paced up and down the room in uncontrollable agitation. Then, with a gesture of desperation, he tore the mask from his face and hurled it upon the ground. "You are right," he cried; "I am the King. Why should I attempt to conceal it?"

57 "Why, indeed?" murmured Holmes. "Your Majesty had not spoken before I was aware that I was addressing Wilhelm Gottsreich Sigismond von Ormstein, Grand Duke of Cassel-Felstein, and hereditary King of Bohemia."

52 – Les circonstances sont extrêmement délicates. Il ne faut reculer devant aucune précaution pour étouffer tout germe de ce qui pourrait devenir un immense scandale et compromettre gravement l'une des familles régnantes de l'Europe. Pour parler clair, l'affaire concerne la grande maison d'Ormstein, d'où sont issus les rois héréditaires de Bohême.

53 – Je le savais aussi, murmura Holmes en s'installant dans un fauteuil et en fermant les yeux. »

54 Notre visiteur contempla avec un visible étonnement la silhouette dégingandée, nonchalante de l'homme qui lui avait été sans nul doute dépeint comme le logicien le plus incisif et le policier le plus dynamique de l'Europe. Holmes rouvrit les yeux avec lenteur pour dévisager non sans impatience son client :

55 « Si Votre Majesté daignait condescendre à exposer le cas où elle se trouve, observa-t-il, je serais plus à même de la conseiller. »

56 L'homme bondit hors de son fauteuil pour marcher de long en large, sous l'effet d'une agitation qu'il était incapable de contrôler. Puis, avec un geste désespéré, il arracha le masque qu'il portait et le jeta à terre.

« Vous avez raison, s'écria-t-il. Je suis le roi. Pourquoi m'efforcerais-je de vous le cacher ?

57 – Pourquoi, en effet ? dit Holmes presque à voix basse. Votre Majesté n'avait pas encore prononcé une parole que je savais que j'avais en face de moi Wilhelm Gottsreich Sigismond von Ormstein, grand-duc de Cassel-Falstein, et roi héréditaire de Bohême.

58 "But you can understand," said our strange visitor, sitting down once more and passing his hand over his high white forehead, "you can understand that I am not accustomed to doing such business in my own person. Yet the matter was so delicate that I could not confide it to an agent without putting myself in his power. I have come *incognito* from Prague for the purpose of consulting you."

59 "Then, pray consult," said Holmes, shutting his eyes once more.

60 "The facts are briefly these: Some five years ago, during a lengthy visit to Warsaw, I made the acquaintance of the well-known adventuress, Irene Adler. The name is no doubt familiar to you."

61 "Kindly look her up in my index, Doctor," murmured Holmes without opening his eyes. For many years he had adopted a system of docketing all paragraphs concerning men and things, so that it was difficult to name a subject or a person on which he could not at once furnish information. In this case I found her biography sandwiched in between that of a Hebrew rabbi and that of a staff-commander who had written a monograph upon the deep-sea fishes.

58 – Mais vous pouvez comprendre, reprit notre visiteur étranger qui s'était rassis tout en passant sa main sur son front haut et blanc, vous pouvez comprendre que je ne suis pas habitué à régler ce genre d'affaires par moi-même. Et pourtant il s'agit d'une chose si délicate que je ne pouvais la confier à un collaborateur quelconque sans tomber sous sa coupe. Je suis venu incognito de Prague dans le but de vous consulter.

59 – Alors, je vous en prie, consultez ! dit Holmes en refermant les yeux.

60 – En bref, voici les faits : il y a environ cinq années, au cours d'une longue visite à Varsovie, j'ai fait la connaissance d'une aventurière célèbre, Irène Adler. Son nom vous dit sûrement quelque chose.

61 – S'il vous plaît, docteur, voudriez-vous regarder sa fiche ? murmura Holmes sans ouvrir les yeux. »

Depuis plusieurs années, il avait adopté une méthode de classement pour collationner toutes les informations concernant les gens et les choses, si bien qu'il était difficile de parler devant lui d'une personne ou d'un fait sans qu'il ne pût fournir aussitôt un renseignement. Dans ce cas précis, je trouvai la biographie d'Irène Adler intercalée entre celle d'un rabbin juif et celle d'un chef d'état-major qui avait écrit une monographie sur les poissons des grandes profondeurs sous-marines.

62 "Let me see!" said Holmes. "Hum! Born in New Jersey in the year 1858. Contralto—hum! La Scala, hum! Prima donna Imperial Opera of Warsaw—yes! Retired from operatic stage—ha! Living in London—quite so! Your Majesty, as I understand, became entangled with this young person, wrote her some compromising letters, and is now desirous of getting those letters back."

63 "Precisely so. But how—"

64 "Was there a secret marriage?"

65 "None."

66 "No legal papers or certificates?"

67 "None."

68 "Then I fail to follow your Majesty. If this young person should produce her letters for blackmailing or other purposes, how is she to prove their authenticity?"

69 "There is the writing."

70 "Pooh, pooh! Forgery."

71 "My private note-paper."

72 "Stolen."

73 "My own seal."

74 "Imitated."

75 "My photograph."

76 "Bought."

77 "We were both in the photograph."

62 « Voyons, dit Holmes. Hum ! Née dans le New Jersey en 1858. Contralto… Hum ! La Scala… Hum ! Prima donna à l'Opéra impérial de Varsovie… Oui ! Abandonne la scène… Ah ! Habite à Londres… Tout à fait cela. A ce que je vois, Votre Majesté s'est laissé prendre aux filets de cette jeune personne, lui a écrit quelques lettres compromettantes, et serait aujourd'hui désireuse qu'elles lui fussent restituées.

63 – Exactement. Mais comment…

64 – Y a-t-il eu un mariage secret ?

65 – Non.

66 – Pas de papiers, ni de certificats légaux ?

67 – Aucun.

68 – Dans ce cas je ne comprends plus votre Majesté. Si cette jeune personne essayait de se servir de vos lettres pour vous faire chanter ou pour tout autre but, comment pourrait-elle prouver qu'elles sont authentiques ?

69 – Mon écriture…

70 – Peuh, peuh ! Des faux !

71 – Mon papier à lettres personnel…

72 – Un vol !

73 – Mon propre sceau…

74 – Elle l'aura imité !

75 – Ma photographie…

76 – Elle l'a achetée !

77 – Mais nous avons été photographiés ensemble !

78 “Oh, dear! That is very bad! Your Majesty has indeed committed an indiscretion.”

79 “I was mad—insane.”

80 “You have compromised yourself seriously.”

81 “I was only Crown Prince then. I was young. I am but thirty now.”

82 “It must be recovered.”

83 “We have tried and failed.”

84 “Your Majesty must pay. It must be bought.”

85 “She will not sell.”

86 “Stolen, then.”

87 “Five attempts have been made. Twice burglars in my pay ransacked her house. Once we diverted her luggage when she travelled. Twice she has been waylaid. There has been no result.”

88 “No sign of it?”

89 “Absolutely none.”

90 Holmes laughed. “It is quite a pretty little problem,” said he.

91 “But a very serious one to me,” returned the King reproachfully.

92 “Very, indeed. And what does she propose to do with the photograph?”

93 “To ruin me.”

94 “But how?”

95 “I am about to be married.”

78 – Oh ! la la ! Voilà qui est très mauvais. Votre Majesté a manqué de distinction.

79 – Elle m'avait rendu fou : j'avais perdu la tête !

80 – Vous vous êtes sérieusement compromis.

81 – A l'évoque, je n'étais que prince héritier. J'étais jeune. Aujourd'hui je n'ai que trente ans.

82 – Il faut récupérer la photographie.

83 – Nous avons essayé, nous n'avons pas réussi.

84 – Votre Majesté paiera. Il faut racheter.

85 – Elle ne la vendra pas.

86 – La dérober, alors.

87 – Cinq tentatives ont été effectuées. Deux fois des cambrioleurs à ma solde ont fouillé sa maison de fond en comble. Une fois nous avons tendu une véritable embuscade. Aucun résultat.

88 – Pas de trace de la photographie ?

89 – Pas la moindre. »

90 Holmes éclata de rire :

« Voilà un très joli petit problème ! dit-il.

91 – Mais qui est très grave pour moi, répliqua le roi sur un ton de reproche.

92 – Très grave, c'est vrai. Et que se propose-t-elle de faire avec cette photographie ?

93 – Ruiner ma vie.

94 – Mais comment ?

95 – Je suis sur le point de me marier.

96 "So I have heard."

97 "To Clotilde Lothman von Saxe-Meningen, second daughter of the King of Scandinavia. You may know the strict principles of her family. She is herself the very soul of delicacy. A shadow of a doubt as to my conduct would bring the matter to an end."

98 "And Irene Adler?"

99 "Threatens to send them the photograph. And she will do it. I know that she will do it. You do not know her, but she has a soul of steel. She has the face of the most beautiful of women, and the mind of the most resolute of men. Rather than I should marry another woman, there are no lengths to which she would not go—none."

100 "You are sure that she has not sent it yet?"

101 "I am sure."

102 "And why?"

103 "Because she has said that she would send it on the day when the betrothal was publicly proclaimed. That will be next Monday."

104 "Oh, then we have three days yet," said Holmes with a yawn. "That is very fortunate, as I have one or two matters of importance to look into just at present. Your Majesty will, of course, stay in London for the present?"

105 "Certainly. You will find me at the Langham under the name of the Count Von Kramm."

106 "Then I shall drop you a line to let you know how we progress."

96 – Je l'ai entendu dire.

97 – Avec Clotilde Lothman de Saxe-Meningen, la seconde fille du roi de Scandinavie. Vous connaissez peut-être la rigidité des principes de cette famille : la princesse elle-même est la délicatesse personnifiée. Si l'ombre d'un doute plane sur ma conduite, tout sera rompu.

98 – Et Irène Adler ?

99 – …Menace de leur faire parvenir la photographie. Et elle le fera. Je suis sûr qu'elle le fera ! Vous ne la connaissez pas : elle a une âme d'acier. Elle combine le visage de la plus ravissante des femmes avec le caractère du plus déterminé des hommes. Plutôt que de me voir marié avec une autre, elle irait aux pires extrémités : aux pires !

100 – Êtes-vous certain qu'elle ne l'a pas encore envoyée ?

101 – Certain.

102 – Pourquoi ?

103 – Parce qu'elle a déclaré qu'elle l'enverrait le jour où les fiançailles seraient publiées. Or elles seront rendues publiques lundi prochain.

104 – Oh ! mais nous avons encore trois jours devant nous ! laissa tomber Holmes en étouffant un bâillement. Heureusement, car j'ai pour l'heure une ou deux affaires importantes à régler. Votre Majesté ne quitte pas Londres ?

105 – Non. Vous me trouverez au Langham, sous le nom de comte von Kramm.

106 – Alors je vous enverrai un mot pour vous tenir au courant de la marche de l'affaire.

107 "Pray do so. I shall be all anxiety."

108 "Then, as to money?"

109 "*You have* carte blanche."

110 "Absolutely?"

111 "I tell you that I would give one of the provinces of my kingdom to have that photograph."

112 "And for present expenses?"

113 The King took a heavy chamois leather bag from under his cloak and laid it on the table.

114 "There are three hundred pounds in gold and seven hundred in notes," he said.

115 Holmes scribbled a receipt upon a sheet of his note-book and handed it to him.

116 "And Mademoiselle's address?" he asked.

117 "Is Briony Lodge, Serpentine Avenue, St. John's Wood."

118 Holmes took a note of it. "One other question," said he. "Was the photograph a cabinet?"

119 "It was."

120 "Then, good-night, your Majesty, and I trust that we shall soon have some good news for you. And good-night, Watson," he added, as the wheels of the royal brougham rolled down the street. "If you will be good enough to call to-morrow afternoon at three o'clock I should like to chat this little matter over with you."

107 – Je vous en prie. Je suis terriblement inquiet.

108 – Et, quant à l'argent ?

109 – Je vous laisse carte blanche.

110 – Absolument ?

111 – Je donnerais l'une des provinces de mon royaume en échange de cette photographie.

112 – Et pour les frais immédiats ? »

113 Le roi chercha sous son manteau une lourde bourse en peau de chamois et la déposa sur la table.

114 « Elle contient trois cents livres sterling en or, et sept cents en billets, dit-il. »

115 Holmes rédigea un reçu sur une feuille de son carnet, et le lui tendit.

116 « Et l'adresse de la demoiselle ? demanda-t-il.

117 – Briony Lodge, Serpentine Avenue, Saint John's Wood. Holmes la nota, avant d'interroger :

118 – Une autre question : la photographie est format album ?

119 – Oui.

120 – Bien. Bonne nuit, Majesté. J'ai confiance. Nous aurons bientôt d'excellentes nouvelles à vous communiquer… Et à vous aussi, bonne nuit, Watson ! ajouta-t-il, lorsque les roues du landau royal s'ébranlèrent pour descendre la rue. Si vous avez la gentillesse de passer ici demain après-midi à trois heures, je serai heureux de bavarder un peu avec vous. »

II

1 At three o'clock precisely I was at Baker Street, but Holmes had not yet returned. The landlady informed me that he had left the house shortly after eight o'clock in the morning. I sat down beside the fire, however, with the intention of awaiting him, however long he might be. I was already deeply interested in his inquiry, for, though it was surrounded by none of the grim and strange features which were associated with the two crimes which I have already recorded, still, the nature of the case and the exalted station of his client gave it a character of its own. Indeed, apart from the nature of the investigation which my friend had on hand, there was something in his masterly grasp of a situation, and his keen, incisive reasoning, which made it a pleasure to me to study his system of work, and to follow the quick, subtle methods by which he disentangled the most inextricable mysteries. So accustomed was I to his invariable success that the very possibility of his failing had ceased to enter into my head.

II

1 A trois heures précises j'étais à Baker Street, mais Holmes n'était pas encore de retour. La logeuse m'indiqua qu'il était sorti un peu après huit heures du matin. Je m'assis au coin du feu, avec l'intention de l'attendre aussi longtemps qu'il le faudrait. Déjà cette histoire me passionnait : elle ne se présentait pas sous l'aspect lugubre des deux crimes que j'ai déjà relatés : toutefois sa nature même ainsi que la situation élevée de son héros lui conféraient un intérêt spécial. Par ailleurs, la manière qu'avait mon ami de maîtriser une situation et le spectacle de sa logique incisive, aiguë, me procuraient un vif plaisir : j'aimais étudier son système de travail et suivre de près les méthodes (subtiles autant que hardies) grâce aux quelles il désembrouillait les écheveaux les plus inextricables. J'étais si accoutumé à ses succès que l'hypothèse d'un échec ne m'effleurait même pas.

2 It was close upon four before the door opened, and a drunken-looking groom, ill-kempt and side-whiskered, with an inflamed face and disreputable clothes, walked into the room. Accustomed as I was to my friend's amazing powers in the use of disguises, I had to look three times before I was certain that it was indeed he. With a nod he vanished into the bedroom, whence he emerged in five minutes tweed-suited and respectable, as of old. Putting his hands into his pockets, he stretched out his legs in front of the fire and laughed heartily for some minutes.

3 "Well, really!" he cried, and then he choked and laughed again until he was obliged to lie back, limp and helpless, in the chair.

4 "What is it?"

5 "It's quite too funny. I am sure you could never guess how I employed my morning, or what I ended by doing."

6 "I can't imagine. I suppose that you have been watching the habits, and perhaps the house, of Miss Irene Adler."

2 Il était près de quatre heures quand la porte s'ouvrit pour laisser pénétrer une sorte de valet d'écurie qui semblait pris de boisson : rougeaud, hirsute, il étalait de gros favoris, et ses vêtements étaient minables. L'étonnant talent de mon ami pour se déguiser m'était connu, mais je dus le regarder à trois reprises avant d'être sûr que c'était bien lui. Il m'adressa un signe de tête et disparut dans sa chambre, d'où il ressortit cinq minutes plus tard, habillé comme à son ordinaire d'un respectable costume de tweed. Il plongea les mains dans ses poches, allongea les jambes devant le feu, et partit d'un joyeux rire qui dura plusieurs minutes.

3 « Hé bien ! ça alors ! s'écria-t-il. »

Il suffoquait ; il se reprit à rire, et il rit de si bon cœur qu'il dut s'étendre, à court de souffle, sur son canapé.

4 « Que se passe-t-il ?

5 – C'est trop drôle ! Je parie que vous ne devinerez jamais comment j'ai employé ma matinée ni ce que j'ai fini par faire.

6 – Je ne sais pas… Je suppose que vous avez surveillé les habitudes et peut- être la maison de Mlle Irène Adler.

7 "Quite so; but the sequel was rather unusual. I will tell you, however. I left the house a little after eight o'clock this morning in the character of a groom out of work. There is a wonderful sympathy and freemasonry among horsey men. Be one of them, and you will know all that there is to know. I soon found Briony Lodge. It is a *bijou* villa, with a garden at the back, but built out in front right up to the road, two stories. Chubb lock to the door. Large sitting-room on the right side, well furnished, with long windows almost to the floor, and those preposterous English window fasteners which a child could open. Behind there was nothing remarkable, save that the passage window could be reached from the top of the coach-house. I walked round it and examined it closely from every point of view, but without noting anything else of interest.

8 "I then lounged down the street and found, as I expected, that there was a mews in a lane which runs down by one wall of the garden. I lent the ostlers a hand in rubbing down their horses, and received in exchange twopence, a glass of half-and-half, two fills of shag tobacco, and as much information as I could desire about Miss Adler, to say nothing of half a dozen other people in the neighbourhood in whom I was not in the least interested, but whose biographies I was compelled to listen to."

9 "And what of Irene Adler?" I asked.

7 – C'est vrai ! Mais la suite n'a pas été banale. Je vais tout vous raconter. Ce matin, j'ai quitté la maison un peu après huit heures, déguisé en valet d'écurie cherchant de l'embauche. Car entre les hommes de chevaux il existe une merveilleuse sympathie, presque une franc-maçonnerie : si vous êtes l'un des leurs, vous saurez en un tournemain tout ce que vous désirez savoir. J'ai trouvé de bonne heure Briony Lodge. Cette villa est un bijou : situé juste sur la route avec un jardin derrière ; deux étages ; une énorme serrure à la porte ; un grand salon à droite, bien meublé, avec de longues fenêtres descendant presque jusqu'au plancher et pourvues de ces absurdes fermetures anglaises qu'un enfant pourrait ouvrir. Derrière, rien de remarquable, sinon une fenêtre du couloir qui peut être atteinte du toit de la remise. J'ai fait le tour de la maison, je l'ai examinée sous tous les angles, sans pouvoir noter autre chose d'intéressant.

8 J'ai ensuite descendu la rue en flânant et j'ai découvert, comme je m'y attendais, une écurie dans un chemin qui longe l'un des murs du jardin. J'ai donné un coup de main aux valets qui bouchonnaient les chevaux : en échange, j'ai reçu une pièce de monnaie, un verre de whisky, un peu de gros tabac pour bourrer deux pipes, et tous les renseignements dont j'avais besoin sur Mlle Adler, sans compter ceux que j'ai obtenus sur une demi-douzaine de gens du voisinage et dont je me moque éperdument mais il fallait bien que j'écoute aussi leurs biographies, n'est-ce pas ?

9 – Quoi, au sujet d'Irène Adler ? demandai-je

10 "Oh, she has turned all the men's heads down in that part. She is the daintiest thing under a bonnet on this planet. So say the Serpentine-mews, to a man. She lives quietly, sings at concerts, drives out at five every day, and returns at seven sharp for dinner. Seldom goes out at other times, except when she sings. Has only one male visitor, but a good deal of him. He is dark, handsome, and dashing, never calls less than once a day, and often twice. He is a Mr. Godfrey Norton, of the Inner Temple. See the advantages of a cabman as a confidant. They had driven him home a dozen times from Serpentine-mews, and knew all about him. When I had listened to all they had to tell, I began to walk up and down near Briony Lodge once more, and to think over my plan of campaign.

11 "This Godfrey Norton was evidently an important factor in the matter. He was a lawyer. That sounded ominous. What was the relation between them, and what the object of his repeated visits? Was she his client, his friend, or his mistress? If the former, she had probably transferred the photograph to his keeping. If the latter, it was less likely. On the issue of this question depended whether I should continue my work at Briony Lodge, or turn my attention to the gentleman's chambers in the Temple. It was a delicate point, and it widened the field of my inquiry. I fear that I bore you with these details, but I have to let you see my little difficulties, if you are to understand the situation."

12 "I am following you closely," I answered.

10 – Oh ! elle a fait tourner toutes les têtes des hommes de là-bas ! C'est la plus exquise des créatures de cette terre : elle vit paisiblement, chante à des concerts, sort en voiture chaque jour à cinq heures, pour rentrer dîner à sept heures précises, rarement à d'autres heures, sauf lorsqu'elle chante. Ne reçoit qu'un visiteur masculin, mais le reçoit souvent. Un beau brun, bien fait, élégant ; il ne vient jamais moins d'une fois par jour, et plutôt deux. C'est un M. Godfrey Norton, membre du barreau. Voyez l'avantage qu'il y a d'avoir des cochers dans sa confidence ! Tous ceux-là le connaissaient pour l'avoir ramené chacun une douzaine de fois de Serpentine Avenue. Quand ils eurent vidé leur sac, je fis les cent pas du côté de la villa tout en élaborant mon plan de campagne.

11 « Ce Godfrey Norton était assurément un personnage d'importance dans notre affaire : un homme de loi ! Cela s'annonçait mal. Quelle était la nature de ses relations avec Irène Adler, et pourquoi la visitait-il si souvent ? Était-elle sa cliente, son amie, ou sa maîtresse ? En tant que cliente, elle lui avait sans doute confié la photographie pour qu'il la garde. En tant que maîtresse, c'était moins vraisemblable. De la réponse à cette question dépendait mon plan : continuerais-je à travailler à Briony Lodge ? Ou m'occuperais-je plutôt de l'appartement que ce monsieur possédait dans le quartier des avocats ?... Je crains de vous ennuyer avec ces détails, mais il faut bien que je vous expose toutes mes petites difficultés si vous voulez vous faire une idée exacte de la situation.

12 – Je vous écoute attentivement.

13 "I was still balancing the matter in my mind when a hansom cab drove up to Briony Lodge, and a gentleman sprang out. He was a remarkably handsome man, dark, aquiline, and moustached—evidently the man of whom I had heard. He appeared to be in a great hurry, shouted to the cabman to wait, and brushed past the maid who opened the door with the air of a man who was thoroughly at home.

14 "He was in the house about half an hour, and I could catch glimpses of him in the windows of the sitting-room, pacing up and down, talking excitedly, and waving his arms. Of her I could see nothing. Presently he emerged, looking even more flurried than before. As he stepped up to the cab, he pulled a gold watch from his pocket and looked at it earnestly, 'Drive like the devil,' he shouted, 'first to Gross & Hankey's in Regent Street, and then to the Church of St. Monica in the Edgeware Road. Half a guinea if you do it in twenty minutes!'

15 "Away they went, and I was just wondering whether I should not do well to follow them when up the lane came a neat little landau, the coachman with his coat only half-buttoned, and his tie under his ear, while all the tags of his harness were sticking out of the buckles. It hadn't pulled up before she shot out of the hall door and into it. I only caught a glimpse of her at the moment, but she was a lovely woman, with a face that a man might die for.

16 " 'The Church of St. Monica, John,' she cried, 'and half a sovereign if you reach it in twenty minutes.'

13 – J'étais en train de peser le pour et le contre dans ma tête quand un fiacre s'arrêta devant Briony Lodge ; un gentleman en sortit- c'était un très bel homme, brun, avec un nez droit, des moustaches… De toute évidence, l'homme dont on m'avait parlé. Il semblait très pressé, cria au cocher de l'attendre, et s'engouffra a l'intérieur dès que la bonne lui eut ouvert la porte : visiblement il agissait comme chez lui…

14 « Il y avait une demi-heure qu'il était arrivé ; j'avais pu l'apercevoir, par les fenêtres du salon, marchant dans la pièce à grandes enjambées ; il parlait avec animation et il agitait ses bras. Elle, je ne l'avais pas vue. Soudain il ressortit ; il paraissait encore plus nerveux qu'à son arrivée. En montant dans son fiacre, il tira une montre en or de son gousset :

« – Filez comme le vent ! cria-t-il. D'abord chez Gross et Hankey à Regent Street, puis à l'église Sainte-Monique dans Edgware Road. Une demi-guinée pour boire si vous faites la course en vingt minutes !

15 « Les voilà partis. Je me demande ce que je dois faire, si je ne ferais pas mieux de les suivre, quand débouche du chemin un coquet petit landau ; le cocher a son vêtement à demi boutonné, sa cravate sous l'oreille ; les attaches du harnais sortent des boucles ; le landau n'est même pas arrêté qu'elle jaillit du vestibule pour sauter dedans. Je ne l'ai vue que le temps d'un éclair, mais je peux vous affirmer que c'est une fort jolie femme, et qu'un homme serait capable de se faire tuer pour ce visage-là

16 « – A l'église Sainte-Monique, John ! crie-t-elle. Et un demi souverain si vous y arrivez en vingt minutes !

17 "This was quite too good to lose, Watson. I was just balancing whether I should run for it, or whether I should perch behind her landau when a cab came through the street. The driver looked twice at such a shabby fare, but I jumped in before he could object. 'The Church of St. Monica,' said I, 'and half a sovereign if you reach it in twenty minutes.' It was twenty-five minutes to twelve, and of course it was clear enough what was in the wind.

18 "My cabby drove fast. I don't think I ever drove faster, but the others were there before us. The cab and the landau with their steaming horses were in front of the door when I arrived. I paid the man and hurried into the church. There was not a soul there save the two whom I had followed and a surpliced clergyman, who seemed to be expostulating with them. They were all three standing in a knot in front of the altar. I lounged up the side aisle like any other idler who has dropped into a church. Suddenly, to my surprise, the three at the altar faced round to me, and Godfrey Norton came running as hard as he could towards me.

19 " 'Thank God,' he cried. 'You'll do. Come! Come!'

20 " 'What then?' I asked.

21 " 'Come, man, come, only three minutes, or it won't be legal.'

17 « C'est trop beau pour que je rate l'occasion. J'hésite : vais je courir pour rattraper le landau et monter dedans, ou me cacher derrière. Au même moment, voici un fiacre. Le cocher regarde à deux fois le client déguenillé qui lui fait signe, mais je ne lui laisse pas le temps de réfléchir, je saute :

« – A l'église Sainte-Monique ! lui dis je. Et un demi-souverain pour vous si vous y êtes en moins de vingt minutes !

« Il était midi moins vingt-cinq ; naturellement, ce qui se manigançait était clair comme le jour.

18 « Mon cocher fonça. Je ne crois pas que j'aie jamais été conduit aussi vite, mais les autres avaient pris de l'avance. Quand j'arrive, le fiacre et le landau sont arrêtés devant la porte, leurs chevaux fument. Moi, je paie mon homme et me précipite dans l'église. Pas une âme à l'intérieur, sauf mes deux poursuivis et un prêtre en surplis qui semblent discuter ferme. Tous trois se tiennent debout devant l'autel. Je prends par un bas-côté, et je flâne comme un oisif qui visite une église. Tout à coup, à ma grande surprise, mes trois personnages se tournent vers moi, et Godfrey Norton court à ma rencontre.

19 « – Dieu merci ! s'écrie-t-il. Vous ferez l'affaire. Venez ! Venez ! »

20 « – Pour quoi faire ?

21 « – Venez, mon vieux ! Il ne nous reste plus que trois minutes pour que ce soit légal.

22 "I was half-dragged up to the altar, and before I knew where I was I found myself mumbling responses which were whispered in my ear, and vouching for things of which I knew nothing, and generally assisting in the secure tying up of Irene Adler, spinster, to Godfrey Norton, bachelor. It was all done in an instant, and there was the gentleman thanking me on the one side and the lady on the other, while the clergyman beamed on me in front. It was the most preposterous position in which I ever found myself in my life, and it was the thought of it that started me laughing just now. It seems that there had been some informality about their license, that the clergyman absolutely refused to marry them without a witness of some sort, and that my lucky appearance saved the bridegroom from having to sally out into the streets in search of a best man. The bride gave me a sovereign, and I mean to wear it on my watch chain in memory of the occasion."

23 "This is a very unexpected turn of affairs," said I; "and what then?"

22 « Me voilà à moitié entraîné vers l'autel et, avant que je sache où j'en suis, je m'entends bredouiller des réponses qui me sont chuchotées à l'oreille ; en fait, j'apporte ma garantie au sujet de choses dont je suis très ignorant et je sers de témoin pour un mariage entre Irène Adler, demoiselle, et Godfrey Norton, célibataire. La cérémonie se déroule en quelques instants ; après quoi je me fais congratuler d'un côté par le conjoint, de l'autre par la conjointe tandis que le prêtre, en face, rayonne en me regardant. Je crois que c'est la situation la plus absurde dans laquelle je me sois jamais trouvé ; lorsque je me la suis rappelée tout à l'heure, je n'ai pu m'empêcher de rire à gorge déployée. Sans doute y avait-il un quelconque vice de forme dans la licence de mariage, le prêtre devait absolument refuser de consacrer l'union sans un témoin, et mon apparition a probablement épargné au fiancé de courir les rues en quête d'un homme valable. La fiancée m'a fait cadeau d'un souverain, que j'entends porter à ma chaîne de montre en souvenir de cet heureux événement.

23 – L'affaire a pris une tournure tout à fait imprévue, dis je. Mais ensuite ?

24 "Well, I found my plans very seriously menaced. It looked as if the pair might take an immediate departure, and so necessitate very prompt and energetic measures on my part. At the church door, however, they separated, he driving back to the Temple, and she to her own house. 'I shall drive out in the park at five as usual,' she said as she left him. I heard no more. They drove away in different directions, and I went off to make my own arrangements."

25 "Which are?"

26 "Some cold beef and a glass of beer," he answered, ringing the bell. "I have been too busy to think of food, and I am likely to be busier still this evening. By the way, Doctor, I shall want your co-operation."

27 "I shall be delighted."

28 "You don't mind breaking the law?"

29 "Not in the least."

30 "Nor running a chance of arrest?"

31 "Not in a good cause."

32 "Oh, the cause is excellent!"

33 "Then I am your man."

34 "I was sure that I might rely on you."

35 "But what is it you wish?"

24 – Hé bien ! J'ai trouvé mes plans plutôt compromis. Tout donnait l'impression que le couple allait s'envoler immédiatement ; des mesures aussi énergiques que promptes s'imposaient donc. Cependant, à la porte de l'église, ils partirent chacun de leur côté : lui vers son quartier, elle pour sa villa.

« – Je sortirai à cinq heures comme d'habitude pour aller dans le parc, lui dit-elle en le quittant.

« Je n'entendis rien de plus. Ils se séparèrent, et moi, je m'en vais prendre des dispositions personnelles.

25 – Lesquelles ?

26 – D'abord quelques tranches de bœuf froid et un verre de bière répondit-il en sonnant. J'étais trop occupé pour songer à me nourrir, et ce soir, je serai encore plus occupé, selon toute vraisemblance. A propos, docteur, j'aurais besoin de vos services.

27 – Vous m'en voyez réjoui.

28 – Cela ne vous gênerait pas de violer la loi ?

29 – Pas le moins du monde.

30 – Ni de risquer d'être arrêté ?

31 – Non, si la cause est bonne.

32 – Oh ! la cause est excellente !

33 – Alors je suis votre homme.

34 – J'étais sûr que je pourrais compter sur vous.

35 – Mais qu'est-ce que vous voulez au juste ?

36 "When Mrs. Turner has brought in the tray I will make it clear to you. Now," he said as he turned hungrily on the simple fare that our landlady had provided, "I must discuss it while I eat, for I have not much time. It is nearly five now. In two hours we must be on the scene of action. Miss Irene, or Madame, rather, returns from her drive at seven. We must be at Briony Lodge to meet her."

37 "And what then?"

38 "You must leave that to me. I have already arranged what is to occur. There is only one point on which I must insist. You must not interfere, come what may. You understand?"

39 "I am to be neutral?"

40 "To do nothing whatever. There will probably be some small unpleasantness. Do not join in it. It will end in my being conveyed into the house. Four or five minutes afterwards the sitting-room window will open. You are to station yourself close to that open window."

41 "Yes."

42 "You are to watch me, for I will be visible to you."

43 "Yes."

44 "And when I raise my hand—so—you will throw into the room what I give you to throw, and will, at the same time, raise the cry of fire. You quite follow me?"

45 "Entirely."

36 – Quand Mme Turner aura apporté le plateau, je vous expliquerai. Maintenant, ajouta-t-il en se jetant sur la simple collation que sa propriétaire lui avait fait monter, je vais être obligé de parler la bouche pleine car je ne dispose pas de beaucoup de temps. Il est près de cinq heures. Dans deux heures nous devons nous trouver sur les lieux de l'action. Mlle Irène, ou plutôt Madame, revient de sa promenade à sept heures. Il faut que nous soyons à Briony Lodge pour la rencontrer.

37 – Et après, quoi ?

38 – Laissez le reste à mon initiative. J'ai déjà préparé ce qui doit arriver. Le seul point sur lequel je dois insister, c'est que vous n'interviendrez à aucun moment, quoi qu'il se passe.

39 – Je resterai neutre ?

40 – Vous ne ferez rien, absolument rien. Il y aura probablement pour moi quelques désagréments légers à encourir. Ne vous en mêlez point. Tout se terminera par mon transport dans la villa. Quatre ou cinq minutes plus tard, la fenêtre du salon sera ouverte. Vous devrez vous tenir tout près de cette fenêtre ouverte.

41 – Oui.

42 – Vous devrez me surveiller, car je serai visible.

43 – Oui.

44 – Et quand je lèverai ma main… comme ceci… vous lancerez dans la pièce, ce que je vous remettrai pour le lancer et, en même temps, vous crierez au feu. Vous suivez bien ?

45 – Très bien.

46 "It is nothing very formidable," he said, taking a long cigar-shaped roll from his pocket. "It is an ordinary plumber's smoke-rocket, fitted with a cap at either end to make it self-lighting. Your task is confined to that. When you raise your cry of fire, it will be taken up by quite a number of people. You may then walk to the end of the street, and I will rejoin you in ten minutes. I hope that I have made myself clear?"

47 "I am to remain neutral, to get near the window, to watch you, and at the signal to throw in this object, then to raise the cry of fire, and to wait you at the corner of the street."

48 "Precisely."

49 "Then you may entirely rely on me."

50 "That is excellent. I think, perhaps, it is almost time that I prepare for the new role I have to play."

51 He disappeared into his bedroom and returned in a few minutes in the character of an amiable and simple-minded Nonconformist clergyman. His broad black hat, his baggy trousers, his white tie, his sympathetic smile, and general look of peering and benevolent curiosity were such as Mr. John Hare alone could have equalled. It was not merely that Holmes changed his costume. His expression, his manner, his very soul seemed to vary with every fresh part that he assumed. The stage lost a fine actor, even as science lost an acute reasoner, when he became a specialist in crime.

46 – Il n'y a rien là de formidable, dit-il en prenant dans sa poche un long rouleau en forme de cigare. C'est une banale fusée fumigène ; à chaque extrémité elle est garnie d'une capsule automatiquement inflammable. Votre mission se réduit à ce que je vous ai dit. Quand vous crierez au feu, des tas de gens crieront à leur tour au feu. Vous pourrez alors vous promener jusqu'au bout de la rue où je vous rejoindrai dix minutes plus tard. J'espère que je me suis fait comprendre ?

47 – J'ai à ne pas intervenir, à m'approcher de la fenêtre, à guetter votre signal, à lancer à l'intérieur cet objet, puis à crier au feu, et à vous attendre au coin de la rue.

48 – Exactement.

49 – Vous pouvez donc vous reposer sur moi.

50 – Parfait ! Il est presque temps que je me prépare pour le nouveau rôle que je vais jouer. »

51 Il disparut dans sa chambre, et réapparut au bout de quelques minutes sous l'aspect d'un clergyman non conformiste, aussi aimable que simplet. Son grand chapeau noir, son ample pantalon, sa cravate blanche, son sourire sympathique et tout son air de curiosité bienveillante étaient dignes d'un plus grand comédien. Holmes avait pas seulement changé de costume : son expression, son allure, son âme même semblaient se modifier à chaque nouveau le. Le théâtre a perdu un merveilleux acteur, de même que la science a perdu un logicien de premier ordre, quand il s'est spécialisé dans les affaires criminelles.

52 It was a quarter past six when we left Baker Street, and it still wanted ten minutes to the hour when we found ourselves in Serpentine Avenue. It was already dusk, and the lamps were just being lighted as we paced up and down in front of Briony Lodge, waiting for the coming of its occupant. The house was just such as I had pictured it from Sherlock Holmes' succinct description, but the locality appeared to be less private than I expected. On the contrary, for a small street in a quiet neighbourhood, it was remarkably animated. There was a group of shabbily dressed men smoking and laughing in a corner, a scissors-grinder with his wheel, two guardsmen who were flirting with a nurse-girl, and several well-dressed young men who were lounging up and down with cigars in their mouths.

53 "You see," remarked Holmes, as we paced to and fro in front of the house, "this marriage rather simplifies matters. The photograph becomes a double-edged weapon now. The chances are that she would be as averse to its being seen by Mr. Godfrey Norton, as our client is to its coming to the eyes of his princess. Now the question is, Where are we to find the photograph?"

54 "Where, indeed?"

55 "It is most unlikely that she carries it about with her. It is cabinet size. Too large for easy concealment about a woman's dress. She knows that the King is capable of having her waylaid and searched. Two attempts of the sort have already been made. We may take it, then, that she does not carry it about with her."

56 "Where, then?"

52 Nous quittâmes Baker Street à six heures et quart pour nous trouver à sept heures moins dix dans Serpentine Avenue. La nuit tombait déjà. Les lampes venaient d'être allumées quand nous passâmes devant Briony Lodge. La maison ressemblait tout à fait à celle que m'avait décrite Holmes, mais les alentours n'étaient pas aussi déserts que je me l'étais imaginé : ils étaient pleins au contraire d'une animation qu'on n'aurait pas espérée dans la petite rue d'un quartier tranquille. A un angle, il y avait un groupe de pauvres hères qui fumaient et riaient ; non loin, un rémouleur avec sa roue, puis deux gardes en flirt avec une nourrice ; enfin, plusieurs jeunes gens bien vêtus, cigare aux lèvres, flânaient sur la route.

53 « Voyez ! observa Holmes tandis que nous faisions les cent pas le long de la façade de la villa. Ce mariage simplifie plutôt les choses : la photographie devient maintenant une arme à double tranchant. Il y a de fortes chances pour qu'elle ne tienne pas plus à ce que M. Godfrey Norton la voie, que notre client ne tient à ce qu'elle tombe sous les yeux de sa princesse. Mais où la découvrirons-nous ?

54 – Oui. Où ?

55 – Il est probable qu'elle ne la transporte pas avec elle, puisqu'il s'agit d'une photographie format album, trop grande par conséquent pour qu'une dame la dissimule aisément dans ses vêtements. Elle sait que le roi est capable de lui tendre une embuscade et de la faire fouiller, puisqu'il l'a déjà osé. Nous pouvons donc tenir pour certain qu'elle ne la porte pas sur elle.

56 – Où, alors ?

57 "Her banker or her lawyer. There is that double possibility. But I am inclined to think neither. Women are naturally secretive, and they like to do their own secreting. Why should she hand it over to anyone else? She could trust her own guardianship, but she could not tell what indirect or political influence might be brought to bear upon a business man. Besides, remember that she had resolved to use it within a few days. It must be where she can lay her hands upon it. It must be in her own house."

58 "But it has twice been burgled."

59 "Pshaw! They did not know how to look."

60 "But how will you look?"

61 "I will not look."

62 "What then?"

63 "I will get her to show me."

64 "But she will refuse."

65 "She will not be able to. But I hear the rumble of wheels. It is her carriage. Now carry out my orders to the letter."

57 – Elle a pu la mettre en sécurité chez son banquier ou chez son homme de loi. Cette double possibilité existe, mais je ne crois ni à l'une ni à l'autre. Les femmes sont naturellement cachottières, et elles aiment pratiquer elles-mêmes leur manie. Pourquoi l'aurait-elle remise à quelqu'un ? Autant elle peut se fier à bon droit à sa propre vigilance, autant elle a de motifs de se méfier des influences, politiques ou autres, qui risqueraient de s'exercer sur un homme d'affaires. Par ailleurs, rappelez-vous qu'elle a décidé de s'en servir sous peu : la photographie doit donc se trouver à portée de sa main, chez elle.

58 – Mais elle a été cambriolée deux fois !

59 – Bah ! Les cambrioleurs sont passés à côté…

60 – Mais comment chercherez-vous ?

61 – Je ne chercherai pas.

62 – Alors ?…

63 – Je me débrouillerai pour qu'elle me la montre.

64 – Elle refusera !

65 – Elle ne pourra pas faire autrement… Mais j'entends le roulement de la voiture ; c'est son landau. A présent, suivez mes instructions à la lettre. »

66 As he spoke the gleam of the sidelights of a carriage came round the curve of the avenue. It was a smart little landau which rattled up to the door of Briony Lodge. As it pulled up, one of the loafing men at the corner dashed forward to open the door in the hope of earning a copper, but was elbowed away by another loafer, who had rushed up with the same intention. A fierce quarrel broke out, which was increased by the two guardsmen, who took sides with one of the loungers, and by the scissors-grinder, who was equally hot upon the other side. A blow was struck, and in an instant the lady, who had stepped from her carriage, was the centre of a little knot of flushed and struggling men, who struck savagely at each other with their fists and sticks. Holmes dashed into the crowd to protect the lady; but, just as he reached her, he gave a cry and dropped to the ground, with the blood running freely down his face. At his fall the guardsmen took to their heels in one direction and the loungers in the other, while a number of better dressed people, who had watched the scuffle without taking part in it, crowded in to help the lady and to attend to the injured man. Irene Adler, as I will still call her, had hurried up the steps; but she stood at the top with her superb figure outlined against the lights of the hall, looking back into the street.

67 "Is the poor gentleman much hurt?" she asked.

68 "He is dead," cried several voices.

69 "No, no, there's life in him!" shouted another. "But he'll be gone before you can get him to hospital."

66 Tandis qu'il parlait, les lanternes latérales de la voiture amorcèrent le virage dans l'avenue ; c'était un très joli petit landau ! Il roula jusqu'à la porte de Briony Lodge ; au moment où il s'arrêtait, l'un des flâneurs du coin se précipita pour ouvrir la portière dans l'espoir de recevoir une pièce de monnaie ; mais il fut écarté d'un coup de coude par un autre qui avait couru dans la même intention Une violente dispute s'engagea alors ; les deux gardes prirent parti pour l'un des vagabonds, et le rémouleur soutint l'autre de la voix et du geste. Des coups furent échangés, et en un instant la dame qui avait sauté à bas de la voiture se trouva au centre d'une mêlée confuse d'hommes qui se battaient à grands coups de poing et de gourdin. Holmes, pour protéger la dame, se jeta parmi les combattants ; mais juste comme il parvenait à sa hauteur, il poussa un cri et s'écroula sur le sol, le visage en sang. Lorsqu'il tomba, les gardes s'enfuirent dans une direction, et les vagabonds dans la direction opposée ; les gens mieux vêtus, qui avaient assisté à la bagarre sans s'y mêler, se décidèrent alors à porter secours à la dame ainsi qu'au blessé. Irène Adler, comme je l'appelle encore, avait bondi sur les marches ; mais elle demeura sur le perron pour regarder ; son merveilleux visage profilait beaucoup de douceurs sous l'éclairage de l'entrée.

67 « Est-ce que ce pauvre homme est gravement blessé ? s'enquit-elle.

68 – Il est mort ! crièrent plusieurs voix.

69 – Non, non, il vit encore ! hurla quelqu'un. Mais il mourra sûrement avant d'arriver à l'hôpital.

70 "He's a brave fellow," said a woman. "They would have had the lady's purse and watch if it hadn't been for him. They were a gang, and a rough one, too. Ah, he's breathing now."

71 "He can't lie in the street. May we bring him in, marm?"

72 "Surely. Bring him into the sitting-room. There is a comfortable sofa. This way, please!"

73 Slowly and solemnly he was borne into Briony Lodge and laid out in the principal room, while I still observed the proceedings from my post by the window. The lamps had been lit, but the blinds had not been drawn, so that I could see Holmes as he lay upon the couch. I do not know whether he was seized with compunction at that moment for the part he was playing, but I know that I never felt more heartily ashamed of myself in my life than when I saw the beautiful creature against whom I was conspiring, or the grace and kindliness with which she waited upon the injured man. And yet it would be the blackest treachery to Holmes to draw back now from the part which he had intrusted to me. I hardened my heart, and took the smoke-rocket from under my ulster. After all, I thought, we are not injuring her. We are but preventing her from injuring another.

70 – Voilà un type courageux ! dit une femme. Ils auraient pris à la dame sa bourse et sa montre s'il n'était pas intervenu. C'était une bande, oui ! et une rude bande ! Ah ! il se ranime maintenant…

71 – On ne peut pas le laisser dans la rue. Peut-on le transporter chez vous, madame ?

72 – Naturellement ! Portez-le dans le salon ; il y a un lit de repos confortable. Par ici, s'il vous plaît ! »

73 Lentement, avec une grande solennité, il fut transporté à l'intérieur de Briony Lodge et déposé dans la pièce principale : de mon poste près de la fenêtre, j'observai les allées et venues. Les lampes avaient été allumées, mais les stores n'avaient pas été tirés, si bien que Je pouvais apercevoir Holmes étendu sur le lit. J'ignore s'il était à cet instant, lui, bourrelé de remords, mais je sais bien que moi, pour ma part, je ne m'étais jamais senti aussi honteux que quand je vis quelle splendide créature était la femme contre laquelle nous conspirions, et quand j'assistai aux soins pleins de grâce et de bonté qu'elle prodiguait au blessé. Pourtant ç'aurait été une trahison (et la plus noire) à l'égard de Holmes si je m'étais départi du rôle qu'il m'avait assigné. J'endurcis donc mon cœur et empoignai ma fusée fumigène. « Après tout, me dis-je, nous ne lui faisons aucun mal, et nous sommes en train de l'empêcher de nuire à autrui. »

74 Holmes had sat up upon the couch, and I saw him motion like a man who is in need of air. A maid rushed across and threw open the window. At the same instant I saw him raise his hand and at the signal I tossed my rocket into the room with a cry of "Fire!" The word was no sooner out of my mouth than the whole crowd of spectators, well dressed and ill—gentlemen, ostlers, and servant maids—joined in a general shriek of "Fire!" Thick clouds of smoke curled through the room and out at the open window. I caught a glimpse of rushing figures, and a moment later the voice of Holmes from within assuring them that it was a false alarm. Slipping through the shouting crowd I made my way to the corner of the street, and in ten minutes was rejoiced to find my friend's arm in mine, and to get away from the scene of uproar. He walked swiftly and in silence for some few minutes until we had turned down one of the quiet streets which lead towards the Edgeware Road.

75 "You did it very nicely, Doctor," he remarked. "Nothing could have been better. It is all right."

76 "You have the photograph?"

77 "I know where it is."

78 "And how did you find out?"

79 "She showed me, as I told you she would."

80 "I am still in the dark."

74 Holmes s'était mis sur son séant, et je le vis s'agiter comme un homme qui manque d'air. Une bonne courut ouvrir la fenêtre. Au même moment il leva la main : c'était le signal. Je jetai ma fusée dans la pièce et criai :

« Au feu ! »

Le mot avait à peine jailli de ma gorge que toute la foule des badauds qui stationnaient devant la maison, reprit mon cri en chœur :

« Au feu ! »

Des nuages d'une fumée épaisse moutonnaient dans le salon avant de s'échapper par la fenêtre ouverte. J'aperçus des silhouettes qui couraient dans tous les sens ; puis j'entendis la voix de Holmes affirmer que c'était une fausse alerte. Alors je me glissai parmi la foule et je marchai jusqu'au coin de la rue. Au bout d'une dizaine de minutes, j'eus la joie de sentir le bras de mon ami sous le mien et de quitter ce mauvais théâtre. Il marchait rapidement et en silence ; ce fut seulement lorsque nous empruntâmes l'une des paisibles petites rues qui descendent vers Edgware Road qu'il se décida à parler.

75 « Vous avez très bien travaillé, docteur ! me dit-il. Rien n'aurait mieux marché.

76 – Vous avez la photographie ?

77 – Je sais où elle est.

78 – Et comment l'avez-vous appris ?

79 – Elle me l'a montrée, comme je vous l'avais annoncé.

80 – Je n'y comprends goutte, Holmes.

81 "I do not wish to make a mystery," said he, laughing. "The matter was perfectly simple. You, of course, saw that everyone in the street was an accomplice. They were all engaged for the evening."

82 "I guessed as much."

83 "Then, when the row broke out, I had a little moist red paint in the palm of my hand. I rushed forward, fell down, clapped my hand to my face, and became a piteous spectacle. It is an old trick."

84 "That also I could fathom."

85 "Then they carried me in. She was bound to have me in. What else could she do? And into her sitting-room, which was the very room which I suspected. It lay between that and her bedroom, and I was determined to see which. They laid me on a couch, I motioned for air, they were compelled to open the window, and you had your chance."

86 "How did that help you?"

81 – Je n'ai pas l'intention de jouer avec vous au mystérieux, répondit-il en riant. L'affaire fut tout à fait simple. Vous, bien sûr, vous avez deviné que tous les gens de la rue étaient mes complices : je les avais loués pour la soirée.

82 – Je l'avais deviné… à peu près.

83 – Quand se déclencha la bagarre, j'avais de la peinture rouge humide dans la paume de ma main. Je me suis précipité, je suis tombé, j'ai appliqué ma main contre mon visage, et je suis devenu le piteux spectacle que vous avez eu sous les yeux. C'est une vieille farce.

84 – Ça aussi, je l'avais soupçonné !

85 – Ils m'ont donc transporté chez elle ; comment aurait-elle pu refuser de me laisser entrer ? Que pouvait-elle objecter ? J'ai été conduit dans son salon, qui était la pièce, selon moi, suspecte. C'était ou le salon ou sa chambre, et j'étais résolu à m'en assurer Alors j'ai été couché sur un lit, j'ai réclamé un peu d'air, on a dû ouvrir la fenêtre, et vous avez eu votre chance.

86 – Comment cela vous a-t-il aidé ?

87 "It was all-important. When a woman thinks that her house is on fire, her instinct is at once to rush to the thing which she values most. It is a perfectly overpowering impulse, and I have more than once taken advantage of it. In the case of the Darlington Substitution Scandal it was of use to me, and also in the Arnsworth Castle business. A married woman grabs at her baby; an unmarried one reaches for her jewel-box. Now it was clear to me that our lady of to-day had nothing in the house more precious to her than what we are in quest of. She would rush to secure it. The alarm of fire was admirably done. The smoke and shouting were enough to shake nerves of steel. She responded beautifully. The photograph is in a recess behind a sliding panel just above the right bell-pull. She was there in an instant, and I caught a glimpse of it as she half drew it out. When I cried out that it was a false alarm, she replaced it, glanced at the rocket, rushed from the room, and I have not seen her since. I rose, and, making my excuses, escaped from the house. I hesitated whether to attempt to secure the photograph at once; but the coachman had come in, and as he was watching me narrowly, it seemed safer to wait. A little over-precipitance may ruin all."

88 "And now?" I asked.

87 – C'était très important ! Quand une femme croit que le feu est à sa maison, son instinct lui commande de courir vers l'objet auquel elle attache la plus grande valeur pour le sauver des flammes. Il s'agit là d'une impulsion tout à fait incontrôlable, et je m'en suis servi plus d'une fois : tenez, dans l'affaire du Château d Arnsworth, et aussi dans le scandale de la substitution de Darlington. Une mère se précipite vers son enfant ; une demoiselle vers son coffret à bijoux. Quant à notre dame d'aujourd'hui, j'étais bien certain qu'elle ne possédait chez elle rien de plus précieux que ce dont nous étions en quête. L'alerte fut admirablement donnée. La fumée et les cris auraient brisé des nerfs d'acier ! Elle a magnifiquement réagi. La photographie se trouve dans un renfoncement du mur derrière un panneau à glissières juste au-dessus de la sonnette. Elle y fut en un instant et je pus apercevoir l'objet au moment où elle l'avait à demi sorti. Quand je criai que c'était une fausse alerte, elle le replaça, ses yeux tombèrent sur la fusée, elle courut au dehors, et je ne la revis plus. Je me mis debout, et après force excuses, sortis de la maison. J'ai bien songé à m'emparer tout de suite de la photographie, mais le cocher est entré ; il me surveillait de près : je crus plus sage de ne pas me risquer : un peu trop de précipitation aurait tout compromis !

88 – Et maintenant ? demandai-je.

89 "Our quest is practically finished. I shall call with the King to-morrow, and with you, if you care to come with us. We will be shown into the sitting-room to wait for the lady, but it is probable that when she comes she may find neither us nor the photograph. It might be a satisfaction to his Majesty to regain it with his own hands."

90 "And when will you call?"

91 "At eight in the morning. She will not be up, so that we shall have a clear field. Besides, we must be prompt, for this marriage may mean a complete change in her life and habits. I must wire to the King without delay."

92 We had reached Baker Street and had stopped at the door. He was searching his pockets for the key when someone passing said:

93 "Good-night, Mister Sherlock Holmes."

94 There were several people on the pavement at the time, but the greeting appeared to come from a slim youth in an ulster who had hurried by.

95 "I've heard that voice before," said Holmes, staring down the dimly lit street. "Now, I wonder who the deuce that could have been."

89 – Pratiquement notre enquête est terminée. J'irai demain lui rendre visite avec le roi et vous-même, si vous daignez nous accompagner. On nous conduira dans le salon pour attendre la maîtresse de maison ; mais il est probable que quand elle viendra elle ne trouvera plus ni nous ni la photographie. Sa Majesté sera sans doute satisfaite de la récupérer de ses propres mains.

90 – Et quand lui rendrons-nous visite ?

91 – A huit heures du matin. Elle ne sera pas encore levée, ni apprêtée, si bien que nous aurons le champ libre. Par ailleurs il nous faut être rapides, car ce mariage peut modifier radicalement ses habitudes et son genre de vie. Je vais télégraphier au roi. »

92 Nous étions dans Baker Street, arrêtés devant la porte. Holmes cherchait sa clé dans ses poches lorsqu'un passant lui lança :

93 « Bonne nuit, monsieur Sherlock Holmes ! »

94 Il y avait plusieurs personnes sur le trottoir ; ce salut semble venir néanmoins d'un jeune homme svelte qui avait passé très vite.

95 « Je connais cette voix, dit Holmes en regardant la rue faiblement éclairée. Mais je me demande à qui diable elle appartient ! »

III

1 I slept at Baker Street that night, and we were engaged upon our toast and coffee in the morning when the King of Bohemia rushed into the room.

2 "You have really got it!" he cried, grasping Sherlock Holmes by either shoulder and looking eagerly into his face.

3 "Not yet."

4 "But you have hopes?"

5 "I have hopes."

6 "Then, come. I am all impatience to be gone."

7 "We must have a cab."

8 "No, my brougham is waiting."

9 "Then that will simplify matters." We descended and started off once more for Briony Lodge.

10 "Irene Adler is married," remarked Holmes.

11 "Married! When?"

12 "Yesterday."

13 "But to whom?"

14 "To an English lawyer named Norton."

III

1 Je dormis à Baker Street cette nuit-là ; nous étions en train de prendre notre café et nos toasts quand le roi de Bohême pénétra dans le bureau.

2 « C'est vrai ? Vous l'avez eue ? cria-t-il en empoignant Holmes par les deux épaules et en le dévisageant intensément.

3 – Pas encore.

4 – Mais vous avez bon espoir ?

5 – J'ai espoir.

6 – Alors, allons-y. Je ne tiens plus en place.

7 – Il nous faut un fiacre.

8 – Non ; mon landau attend en bas.

9 – Cela simplifie les choses. »

Nous descendîmes et, une fois de plus, nous reprîmes la route de Briony Lodge.

10 « Irène Adler est mariée, annonça Holmes.

11 – Mariée ? Depuis quand ?

12 – Depuis hier.

13 – Mais à qui ?

14 – A un homme de loi qui s'appelle Norton.

15 “But she could not love him.”

16 “I am in hopes that she does.”

17 “And why in hopes?”

18 “Because it would spare your Majesty all fear of future annoyance. If the lady loves her husband, she does not love your Majesty. If she does not love your Majesty, there is no reason why she should interfere with your Majesty’s plan.”

19 “It is true. And yet—! Well! I wish she had been of my own station! What a queen she would have made!” He relapsed into a moody silence, which was not broken until we drew up in Serpentine Avenue.

20 The door of Briony Lodge was open, and an elderly woman stood upon the steps. She watched us with a sardonic eye as we stepped from the brougham.

21 “Mr. Sherlock Holmes, I believe?” said she.

22 “I am Mr. Holmes,” answered my companion, looking at her with a questioning and rather startled gaze.

23 “Indeed! My mistress told me that you were likely to call. She left this morning with her husband by the 5:15 train from Charing Cross for the Continent.”

24 “What!” Sherlock Holmes staggered back, white with chagrin and surprise. “Do you mean that she has left England?”

15 – Elle ne l'aime pas. J'en suis sûr !

16 – J'espère qu'elle l'aime.

17 – Pourquoi l'espérez-vous ?

18 – Parce que cela éviterait à Votre Majesté de redouter tout ennui pour l'avenir. Si cette dame aime son mari, c'est qu'elle n'aime pas Votre Majesté. Si elle n'aime pas Votre Majesté, il n'y a aucune raison pour qu'elle se mette en travers des plans de Votre Majesté.

19 – Vous avez raison. Et cependant… Ah ! je regrette qu'elle n'ait pas été de mon rang ! Quelle reine elle aurait fait ! »

Il tomba dans une rêverie maussade qui dura jusqu'à Serpentine Avenue.

20 La porte de Briony Lodge était ouverte, et une femme âgée se tenait sur les marches. Elle nous regarda descendre du landau avec un œil sardonique.

21 « Monsieur Sherlock Holmes, je pense ? interrogea-t-elle.

22 – Je suis effectivement M. Holmes, répondit mon camarade en la considérant avec un étonnement qui n'était pas joué.

23 – Ma maîtresse m'a dit que vous viendriez probablement ce matin. Elle est partie, avec son mari, au train de cinq heures quinze à Charing Cross, pour le continent.

24 – Quoi ! s'écria Sherlock Holmes en reculant. Voulez-vous dire qu'elle a quitté l'Angleterre ? »

25 “Never to return.”

26 “And the papers?” asked the King hoarsely. “All is lost.”

27 “We shall see.” He pushed past the servant and rushed into the drawing-room, followed by the King and myself. The furniture was scattered about in every direction, with dismantled shelves and open drawers, as if the lady had hurriedly ransacked them before her flight. Holmes rushed at the bell-pull, tore back a small sliding shutter, and, plunging in his hand, pulled out a photograph and a letter. The photograph was of Irene Adler herself in evening dress, the letter was superscribed to “Sherlock Holmes, Esq. To be left till called for.” My friend tore it open, and we all three read it together. It was dated at midnight of the preceding night and ran in this way:

28 “MY DEAR MR. SHERLOCK HOLMES,—You really did it very well. You took me in completely. Until after the alarm of fire, I had not a suspicion. But then, when I found how I had betrayed myself, I began to think. I had been warned against you months ago. I had been told that, if the King employed an agent, it would certainly be you. And your address had been given me. Yet, with all this, you made me reveal what you wanted to know. Even after I became suspicious, I found it hard to think evil of such a dear, kind old clergyman. But, you know, I have been trained as an actress myself. Male costume is nothing new to me. I often take advantage of the freedom which it gives. I sent John, the coachman, to watch you, ran upstairs, got into my walking clothes, as I call them, and came down just as you departed.

25 Son visage était décomposé, blanc de déception et de surprise. Elle ne reviendra jamais !

26 « Et les papiers ? gronda le roi. Tout est perdu !

27 – Nous allons voir… »

Il bouscula la servante et se rua dans le salon ; le roi et moi nous nous précipitâmes à sa suite. Les meubles étaient dispersés à droite et à gauche, les étagères vides, les tiroirs ouverts : il était visible que la dame avait fait ses malles en toute hâte avant de s'enfuir. Holmes courut vers la sonnette, fit glisser un petit panneau, plongea sa main dans le creux mis à découvert, retira une photographie et une lettre. La photographie était celle d'Irène Adler elle-même en robe du soir. La lettre portait la suscription suivante : « A Sherlock Holmes, qui passera prendre. » Mon ami déchira l'enveloppe ; tous les trois nous nous penchâmes sur la lettre ; elle était datée de la veille à minuit, et elle était rédigée en ces termes :

28 MON CHER MONSIEUR SHERLOCK HOLMES,—Vous avez réellement bien joué ! Vous m'avez complètement surprise. Je n'avais rien soupçonné, même après l'alerte au feu. Ce n'est qu'ensuite, lorsque j'ai réfléchi que je m'étais trahie moi-même, que j'ai commencé à m'inquiéter. J'étais prévenue contre lui depuis plusieurs mois. On m'avait informée que si le roi utilisait un policier, ce serait certainement à vous qu'il ferait appel. Et on m'avait donné votre adresse. Pourtant, avec votre astuce, vous m'avez amenée à vous révéler ce que vous désiriez savoir. Lorsque des soupçons me sont venus, j'ai été prise de remords : penser du mal d'un clergyman aussi âgé, aussi respectable, aussi galant !

29 "Well, I followed you to your door, and so made sure that I was really an object of interest to the celebrated Mr. Sherlock Holmes. Then I, rather imprudently, wished you good-night, and started for the Temple to see my husband.

30 "We both thought the best resource was flight, when pursued by so formidable an antagonist; so you will find the nest empty when you call to-morrow. As to the photograph, your client may rest in peace. I love and am loved by a better man than he. The King may do what he will without hindrance from one whom he has cruelly wronged. I keep it only to safeguard myself, and to preserve a weapon which will always secure me from any steps which he might take in the future. I leave a photograph which he might care to possess; and I remain, dear Mr. Sherlock Holmes,

"Very truly yours,
"IRENE NORTON, *née* ADLER."

29 Mais, vous le savez, j'ai été entraînée, moi aussi, à jouer la comédie ; et le costume masculin m'est familier : j'ai même souvent profité de la liberté d'allure qu'il autorise. Aussi ai-je demandé à John, le cocher, de vous surveiller ; et moi, je suis montée dans ma garde-robe, j'ai enfilé mon vêtement de sortie, comme je l'appelle, et je suis descendue au moment précis où vous vous glissiez dehors. Hé bien ! je vous ai suivi jusqu'à votre porte, et j'ai ainsi acquis la certitude que ma personne intéressait vivement le célèbre M. Sherlock Holmes. Alors, avec quelque imprudence, je vous ai souhaité une bonne nuit, et j'ai couru conférer avec mon mari.

30 Nous sommes tombés d'accord sur ceci : la fuite était notre seule ressource pour nous défaire d'un adversaire aussi formidable. C'est pourquoi vous trouverez le nid vide lorsque vous viendrez demain Quant à la photographie, que votre client cesse de s'en inquiéter ! J'aime et je suis aimée. J'ai rencontré un homme meilleur que lui. Le roi pourra agir comme bon lui semblera sans avoir rien à redouter d'une femme qu'il a cruellement offensée. Je ne la garde par-devers moi que pour ma sauvegarde personnelle, pour conserver une arme qui me protégera toujours contre les ennuis qu'il pourrait chercher à me causer dans l'avenir. Je laisse ici une photographie qu'il lui plaira peut-être d'emporter. Et je demeure, cher Monsieur Sherlock Holmes, très sincèrement vôtre !

Irène Norton, née Adler.

31 "What a woman—oh, what a woman!" cried the King of Bohemia, when we had all three read this epistle. "Did I not tell you how quick and resolute she was? Would she not have made an admirable queen? Is it not a pity that she was not on my level?"

32 "From what I have seen of the lady, she seems, indeed, to be on a very different level to your Majesty," said Holmes coldly. "I am sorry that I have not been able to bring your Majesty's business to a more successful conclusion."

33 "On the contrary, my dear sir," cried the King; "nothing could be more successful. I know that her word is inviolate. The photograph is now as safe as if it were in the fire."

34 "I am glad to hear your Majesty say so."

35 "I am immensely indebted to you. Pray tell me in what way I can reward you. This ring—" He slipped an emerald snake ring from his finger and held it out upon the palm of his hand.

36 "Your Majesty has something which I should value even more highly," said Holmes.

37 "You have but to name it."

38 "This photograph!"

39 The King stared at him in amazement.

40 "Irene's photograph!" he cried. "Certainly, if you wish it."

31 « Quelle femme ! Oh ! quelle femme ! s'écria le roi de Bohême quand nous eûmes achevé la lecture de cette épître. Ne vous avais-je pas dit qu'elle était aussi prompte que résolue ? N'aurait-elle pas été une reine admirable ? Quel malheur qu'elle ne soit pas de mon rang !

32 – D'après ce que j'ai vu de la dame, elle ne semble pas en vérité du même niveau que Votre Majesté ! répondit froidement Holmes. Je regrette de n'avoir pas été capable de mener cette affaire à une meilleure conclusion.

33 – Au contraire, cher monsieur ! cria le roi. Ce dénouement m'enchante : je sais qu'elle tient toujours ses promesses ! La photographie est à présent aussi en sécurité que si elle avait été jetée au feu.

34 – Je suis heureux d'entendre Votre Majesté parler ainsi.

35 – J'ai contracté une dette immense envers vous ! Je vous en prie ; dites-moi de quelle manière je puis vous récompenser. Cette bague… »

Il fit glisser de son doigt une émeraude et la posa sur la paume ouverte de sa main.

36 « Votre Majesté possède quelque chose que j'évalue à plus cher, dit Holmes.

37 – Dites-moi quoi : c'est à vous.

38 – Cette photographie ! »

39 Le roi le contempla avec ahurissement.

40 « La photographie d'Irène ? Bien sûr, si vous y tenez !

41 "I thank your Majesty. Then there is no more to be done in the matter. I have the honour to wish you a very good morning." He bowed, and, turning away without observing the hand which the King had stretched out to him, he set off in my company for his chambers.

42 And that was how a great scandal threatened to affect the kingdom of Bohemia, and how the best plans of Mr. Sherlock Holmes were beaten by a woman's wit. He used to make merry over the cleverness of women, but I have not heard him do it of late. And when he speaks of Irene Adler, or when he refers to her photograph, it is always under the honourable title of *the* woman.

41 – Je remercie Votre Majesté. Maintenant, l'affaire est terminée J'ai l'honneur de souhaiter à Votre Majesté une bonne matinée. »

Il s'inclina et se détourna sans remarquer la main que lui tendait le roi. Bras dessus, bras dessous, nous regagnâmes Baker Street.

42 Et voici pourquoi un grand scandale menaçait le royaume de Bohême, et comment les plans de M. Sherlock Holmes furent déjoués par une femme. Il avait l'habitude d'ironiser sur la rouerie féminine ; depuis ce jour il évite de le faire. Et quand il parle d'Irène Adler, ou quand il fait allusion à sa photographie, c'est toujours sous le titre très honorable de *la* femme.

www.ingramcontent.com/pod-product-compliance
Lightning Source LLC
Chambersburg PA
CBHW031957040826
48979CB00042B/533

9781947961913